Pour Anne-Catherine
C N

Pour Malik & Hugo
A-C DB

Nous sommes le grain de sable
dans l'œil du temps...
Chant touareg

ISBN 978-2-211-08380-5
Première édition dans la collection « lutin poche »: mai 2006

Loi numéro 49 956 du 16 juillet 1949 sur les publications
destinées à la jeunesse : octobre 2004
Dépôt légal : août 2009
Imprimé en France par Pollina à Luçon - n° L 51381

AKLI
PRINCE DU DÉSERT
UN CONTE DU PAYS DES SABLES

Texte de Carl Norac
illustrations d'Anne-Catherine De Boel

Pastel
lutin poche de l'école des loisirs
11, rue de Sèvres, Paris 6e

«Mère, je ne suis plus un petit garçon, dit Akli.
Je veux aller chercher mon épée chez mon oncle, à la ville.»
«Tu es trop jeune, Akli. Pour aller à la ville, tu dois traverser le désert. Seul, tu risques de rencontrer les Kel Essuf, ces génies méchants et grands comme des monstres.»
«Mais moi, je n'ai pas peur», répond Akli.

Son père n'est pas là.
Sa mère n'a pas vraiment dit non. Alors, Akli décide de partir. Il va voir Abdallâh, un Bédouin qui connaît tous les chemins.
«Veux-tu m'emmener chez mon oncle, Abdallâh ? Je veux aller chercher mon épée.»
«Tu es trop jeune pour avoir une épée et tu n'as pas un sou à me donner. Va-t'en !»

Akli ne se décourage pas. Il va parler à l'oreille d'un chameau :
«Azumar, toi qui aimes les voyages, emmène-moi à la ville.»
«Je suis trop vieux», répond le chameau.
«Je te donnerai une selle d'argent», promet Akli.
À ces mots, Azumar accepte aussitôt, très content.
«Quel chameau idiot ! Il croit vraiment qu'il aura une selle d'argent, pense Akli. C'est si facile de le tromper.»

Après seulement trois heures de voyage, Akli voit apparaître un génie. Celui-ci est sombre comme du bois brûlé et lui crie : «Donne-moi à boire ou tu ne passeras pas !»

Akli n'a qu'une seule gourde d'eau. Il ne peut la donner au Kel Essuf. Mais il a une idée. Il se met à chanter le poème le plus triste qu'il connaît. En l'entendant, le génie commence à pleurer. Bientôt, il pleure si fort qu'il boit toutes ses larmes et laisse passer le garçon.

«Tu vois, Azumar, dit Akli, un peu plus tard, je suis un homme. Je n'ai pas eu peur. Je suis le grand prince du désert.»
«Ne sois pas si vite content, mon garçon, répond le chameau. Regarde ce qui vient au-devant de toi.»

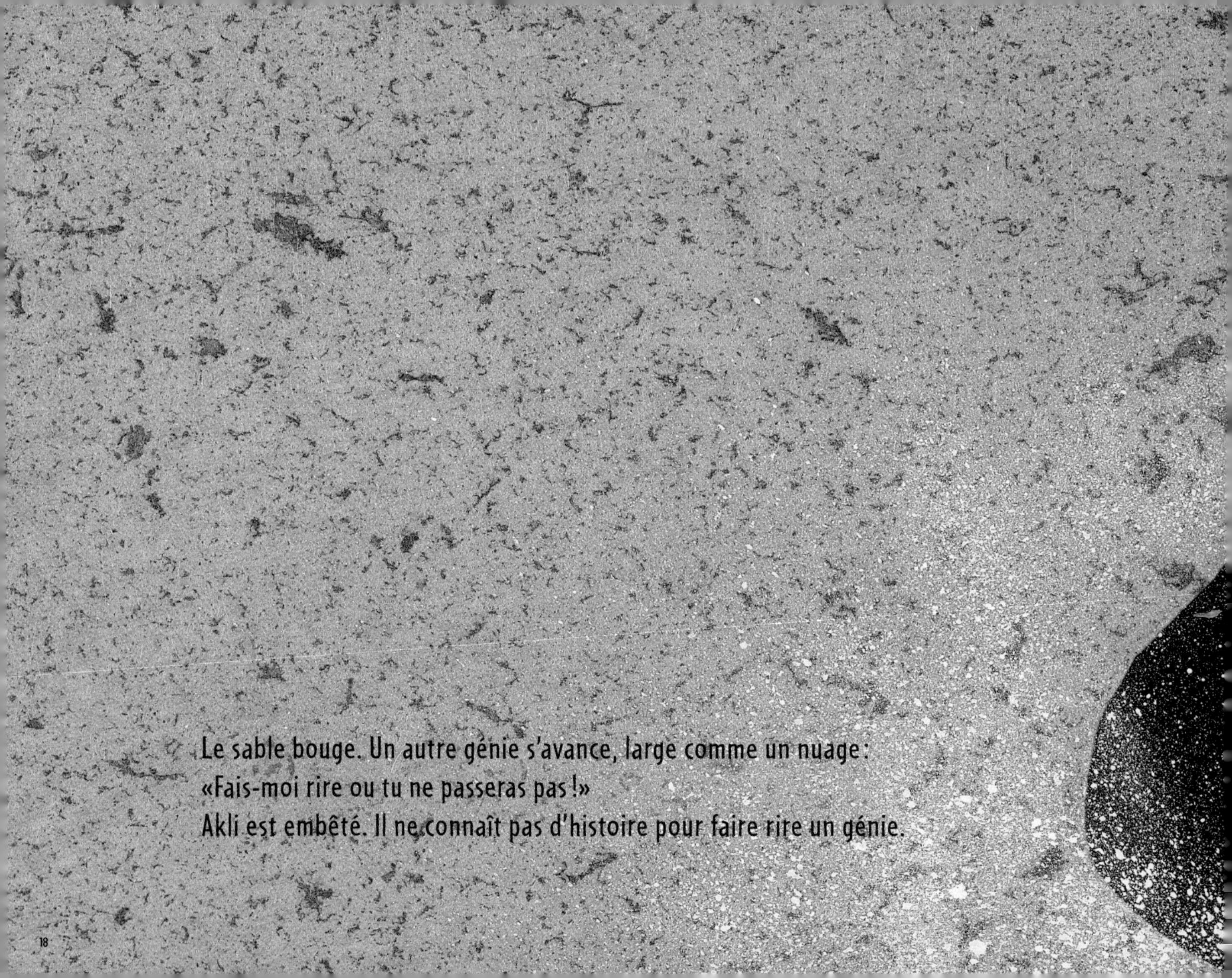

Le sable bouge. Un autre génie s'avance, large comme un nuage :
«Fais-moi rire ou tu ne passeras pas !»
Akli est embêté. Il ne connaît pas d'histoire pour faire rire un génie.

Le Kel Essuf semble se fâcher.
Alors, le chameau s'approche et lèche les orteils du génie.
Aussitôt, celui-ci se met à rire, très fort, et les laisse passer.

Plus loin encore, un autre génie s'avance, plus grand qu'une dune. «Fais-moi peur ou tu ne passeras pas!» Akli est embêté. Il ne connaît pas d'histoire pour faire peur à un génie.

Alors, le chameau s'approche du Kel Essuf.
Brusquement, il lâche un pet bruyant comme un coup de fusil.
Le génie, effrayé, pousse un cri et les laisse passer.

«Je t'ai sauvé deux fois, dit Azumar, un peu plus tard.
J'aurai bien mérité ma selle d'argent.»
«Bien sûr. Tu es comme un frère pour moi», répond Akli, en le caressant.
Soudain, Azumar pousse un cri de joie : «Regarde ! On a réussi ! Voici la ville !»

Akli n'a jamais vu une aussi grande ville. Il y a tant de choses à acheter ici. Le garçon a deux petites pièces dans la poche. Il achète un gros gâteau au miel pour lui et un petit pour le chameau. «Et ma selle d'argent ?» demande Azumar. «Ce sera pour plus tard ! Je te le promets !» répond Akli. En mangeant son gâteau, Akli pense : «Il peut toujours rêver. C'est si facile de le tromper.»

Akli entre chez son oncle. Celui-ci est très surpris de le voir arriver. «Tes parents t'ont-ils donné la permission de partir seul, à ton âge, dans le désert ?» demande-t-il.
«Oui, là-bas, tout le monde sait que je suis déjà un homme.»
Alors, l'oncle donne à Akli une belle épée, avec deux pierres bleues comme le ciel.

Cette nuit-là, couché sur une natte, Akli s'endort bien au chaud, en serrant contre lui son épée. Azumar dort dehors, dans le froid, attaché par une corde. Mais il n'est pas triste. «Demain, c'est certain, j'aurai ma selle d'argent», pense-t-il en fermant les yeux, doucement.

Le lendemain, Akli remercie son oncle et grimpe sur le dos d'Azumar. Dans le désert, le vent monte, monte. Akli s'amuse à arrêter les grains de sable avec son épée. «Ne sois pas si vite content, dit le chameau. Regarde ce qui arrive au-devant de toi.»

Une tempête de sable s'est levée. Les génies ne se montrent pas.
Ils ont horreur du vent. Mais comment avancer ? Comment voir
des traces dans le sable pour retrouver son chemin ?
Azumar est fort et courageux. Il ne faiblit pas et marche droit devant lui.
«J'aurai bien mérité ma selle d'argent !» hurle-t-il à Akli, dans le vent.

Le soir, Akli arrive au campement. «Merci, Azumar, je te donnerais la lune d'argent si je le pouvais. Adieu…» s'écrie le garçon, gêné, en s'enfuyant. Il file si vite que le chameau n'a même pas le temps de se plaindre. Akli court vers la tente. Il est si impatient de montrer son épée à son père et aux autres hommes.

Son père lui sourit. Il lui donne du thé et lui demande de raconter tout son voyage. Akli commence. Tous les hommes l'écoutent. Quand le garçon a terminé, son père lui dit: «Je suis fier de toi, mon fils. Tu as mérité ton épée. Approche-toi: moi aussi, je vais te faire un cadeau.»

Son père lui offre une selle, plus blanche et plus brillante que la lune. Akli est surpris par ce cadeau, mais il comprend.

Il sort de la tente et va poser la selle, doucement, sur le dos d'Azumar endormi.